Mañana es Navidad

Mañana es Navidad

Sindo Pacheco

www.eriginalbooks.com

Impreso en Estados Unidos – Printed in United States

Primera edición: 2010, Editorial Iduna
Segunda edición: 2011, Eriginal Books LLC

ISBN-13: 978-0-9829213-6-4
Library of Congress Catalog Card Number: 2011921610

Prólogo

Cuando, hace cuatro años, gracias a la deferencia del autor leí en manuscrito la obra que el lector tiene ahora en sus manos, concluí de inmediato que había tenido la suerte de leer un texto breve de esos que los críticos suelen llamar "una pequeña joya de la literatura". "Sindo es un as", "cada vez escribe mejor y en realidad muchos *críticos* y *especialistas* se han olvidado de él", "de lo que he leído últimamente de compatriotas escritores en el género de la narrativa, y específicamente en la narrativa breve, *Mañana es Navidad* debe incluirse entre lo más logrado". Frases como éstas las comenté con varios colegas; ahora las dejo en blanco y negro, y las sostengo.

Trascender lo local, lo personal, ha sido siempre una de las divisas del arte literario; quien no lo logre, no ha escrito, o acaso ha escrito para sí mismo. En *Mañana es Navidad* la máxima antes aludida se cumple con creces, por momentos resulta casi increíble que

Pacheco, de la nada prácticamente, de una situación realmente baladí, levante el vuelo hasta llevarnos a los más intrincados vericuetos de un intenso drama humano; para esto, claro, hay que tener el olfato, la intuición, el ojo imprescindible del escritor para no sólo ver, sino además *sentir* el pulso y la sangre del entorno en que se mueve. Afirmaba Ilia Eheremburg: "El escritor debe mostrar los conflictos y contradicciones íntimos; debe exponer todos los síntomas de la adversidad espiritual; debe iluminar el conflicto entre la luz y las tinieblas, que se oculta en las profundidades del corazón humano". De acuerdo, pero alcanzar lo que propone el eminente escritor ruso escarbando, como hace Sindo Pacheco, en una realidad donde lo excepcional – la inopia, el pánico, el desamparo, puesto que la novela se desarrolla en el llamado Período Especial decretado por el Gobierno socialista cubano hace19 años– se ha convertido en sinónimo de cotidiano, es tarea harto difícil; sobre todo porque, al ocurrir lo antes dicho, el Absurdo sustituye a la Realidad. Aun así, el escritor en este caso toma una línea de esa Realidad-Absurdo y nos la muestra con todos sus matices, para conmovernos con una historia que, digamos, no debería o no debió ser, si no nos estuviéramos refiriendo a la sinrazón cotidiana que existe en Cuba. Pero he ahí, a mi entender, la valía fundamental de *Mañana es Navidad:* lograr poner a la luz el Alma de un episodio de esa épica cotidiana del cubano de hoy; ardua tarea creadora, pues no existe el basamento para extraer jugosas lascas del Drama en el sentido primario de la palabra.

Para la consecución de lo anterior, Pacheco cuenta con varias armas fundamentales; entre ellas una imaginación implacable y el alcance de una prosa ligera, o mejor diríamos relampagueante, en la que resalta la utilización del diálogo "clásico" de manera concisa y sin que, en ningún momento, los personajes –gran responsabilidad de un autor– se salgan de su escala léxica específica.

Verá el lector por momentos una mezcla de humor amargo con cierta congoja que permea a esta familia de una pequeña ciudad cubana donde Alberto, Miriam y Elizabeth llevan la voz cantante en una batalla en la que, como se ha dicho antes, lo épico –lo absurdamente épico– es el pan, o quizás la falta de pan, de cada día; y todo esto brillantemente sugerido, de ningún modo –como debe ser– inducido por el narrador, si bien la sugerencia quede plenamente al alcance del lector menos avisado; otro acierto formal que nos muestra Sindo Pacheco en este relato.

Hay en *Mañana es Navidad* un personaje no humano: Cachirulo, un cerdo. Si lo refiero en estas líneas es porque en realidad Cachirulo se convierte en un eje protagónico de esta novela, mediante el realce que el autor le va otorgando en la medida en que la trama avanza. De modo que nos identificamos con el cerdo, sufrimos sus avatares, porque víctima también es él del medio azaroso en que debe subsistir, sometido a los designios del "destino". Asimismo, la trama de Cachirulo da un punto de giro para un final donde la ternura, y la nobleza, parecen romper sus propios límites. Lo cierto es que hemos disfrutado de excelentes narraciones en las cuales un animal alcanza preponderancia semejante, pero, que yo sepa, en ningún caso ha sido un cerdo: tal vez el prototipo más distante de la interactuación hombre-animal. Mas, como dijo Aquél: "Y sin embargo, se mueve".

Aviso al lector: cuando lea la primera palabra, la primera página de *Mañana es Navidad*, ya no podrá detenerse, irá hasta el final con esa dulce ansiedad que nos produce ver qué resulta en esa historia que nos conmueve, nos informa, nos estremece constantemente; una historia revelada mediante una escritura que se acerca a la maestría.

Félix Luis Viera

MAÑANA ES NAVIDAD

—Esto no sirve.

Alberto empujó el plato con desdén.

—Es lo que hay.

—¿Y los huevos?

—Quedan dos para Elisabeth.

Elisabeth había parado de masticar.

—¿Y no pudiste hacer una salsa…? Todas las mujeres inventan. Tú eres la única que no puede…

Miriam se incorporó como un resorte y caminó hasta el aparador.

—¿Con qué diablos? ¡Qué rayos voy a inventar! Debías hacer algo, sembrar, criar un puerco. Todo el mundo está criando puercos; pero tú eres especial. Y encima quieres comer bueno, y te quejas, y me echas a mí la culpa —agarró la libreta de racionamientos—. ¿Tú crees que se puede vivir con cinco libras de arroz…? ¡Tú crees que con esta basura se puede vivir! Estoy harta, ¿sabes…? ¡Harta!

Miriam le arrojó la libreta que fue a dar contra la pared, abriéndose como un abanico. Luego empezó a sollozar. La niña abandonó la mesa y se acurrucó junto a su madre.

Alberto permaneció en silencio. Últimamente su mujer se irritaba más de la cuenta. Qué poco se parecía ya a la muchacha de los primeros tiempos. No podía precisar en qué momento empezó a cambiar. Había estallado en cólera hacía unos meses cuando le quitaron la leche a la niña, el mismo día que cumplió los siete años, como si Elisabeth fuera la única que estuviera en esa situación… Aunque ella venía cambiando desde antes, desde mucho antes sin que él se percatara. Tal vez desde hacía años cuando su padre se fue por El Mariel, o quizás desde el principio, allá en el Pedagógico, aprendiendo Inglés con el *American Way of Life…*

Alberto estuvo varios días sin hablarle a su esposa, comiendo arroz blanco sin manteca, pero la última noche no podía dormir. Tenía hambre, necesidad de algo en el estómago. Se levantó, prendió la luz de la cocina y se preparó un poco de agua con azúcar. Sobre el aparador distinguió la libreta de racionamiento y la tomó en sus manos. Toda la vida usando aquel documento, y nunca se había detenido a examinarlo. Tal vez lo utilizaba con complejo de culpa. Era un recurso habitual del enemigo para restregarnos la escasez. En la parte superior izquierda tenía las siglas de Comercio Interior con una cifra de seis dígitos. A la derecha la palabra NÚCLEO, y con lapicero el número 452. Ellos eran eso: el núcleo familiar 452. Más abajo decía: CONTROL DE VENTA PARA PRODUCTOS ALIMENTICIOS, con un cuadrado en blanco como si fueran a colocarle una foto de carné. Quizás las primeras cartillas se diseñaron con tal fin, y luego el cuadrado quedó allí, por inercia. En su parte inferior aclaraba en letras más pequeñas: *Esta libreta no constituye un documento de identificación.* La contracubierta traía una serie de explicaciones para realizar altas o bajas a los consumidores y los pasos a dar en caso de pérdida. Alberto abrió la libreta y empezó a leer por el mes de enero: Arroz: 15 libras; aceite: 2; azúcar: 18; un jabón de lavar; café: 6 onzas y 6 onzas; 4 cuchillas de afeitar y un tubo de pasta. En realidad era muy poco para tres personas. Pero los meses siguientes la situación se había agravado, y para julio había venido quince libras de arroz, dieciocho de azúcar y dos jabones de lavar. Era imposible vivir atenido a la libreta. Nunca se había podido vivir atenido a la libreta, pero antes había viandas en las placitas y huevos por la libre, y las cafeterías estaban abastecidas. No podía negar que Miriam tenía parte de razón. Siempre trataba de entenderla y poco a poco la iba justificando. ¿O era ella la que sabía obrar muy bien para que él terminara haciendo su voluntad…?

De cualquier modo, lo cierto fue que al otro día, Alberto se apareció con un puerquito en su apartamento. Le había hecho tragarse cuatro diazepam y medio pomo de benadrilina, que podían tumbar a un elefante, y lo trajo anestesiado dentro de un saco de yute.

La transacción había ocurrido de la manera siguiente. Apenas terminó su trabajo, Alberto se desvió del camino y dirigió su bicicleta por un sendero que zigzagueaba entre platanales, campos de yuca y cultivos de arroz, aproximándose a una vivienda donde un campesino, algo regordete, lo esperaba manoseando su sombrero.

—¿Es usted Mauricio Vásquez?

—Para servirle —el hombre le extendió su mano.

—Mucho gusto, yo vengo de parte de Cándido, el profesor. Me dijo que usted tenía algunos puerquitos en venta.

—Tengo una lechona ahí, 150 libras; pero no la vendo, quiero negociarla por un televisor.

—Yo busco uno pequeño, para criar.

—De esos me quedan dos. La *rabuja,* que es para mi nieto; y uno macho, que voy a cebar para el fin de año.

—¿Y no podría venderme la *rabuja*?

—Eso da mala suerte.

—¿Y el otro…?

—Para decirte la verdad, quiero cambiarlo por un ventilador. ¿No tienes alguno por tu casa?

—Sólo me queda el de la niña. Imagínese, con estos calores…

—¿En qué parte del pueblo vives?

—En los edificios.

El campesino hizo una pausa y pareció hablar consigo mismo.

—La verdad es que no quisiera venderlo.

—Por favor, Mauricio, usted luego podría reponerlo…

Mauricio le hizo un ademán a Alberto para que lo siguiera. Cruzaron por un trillo entre las hierbas que rodeaban la vivienda, junto a un campo de arroz cuyas espigas amarilleaban bajo un sol pálido, y se internaron en la arboleda. Algunos puercos iban de un lado a otro buscando alimentos entre la tierra o masticando las malezas que crecían debajo de los arbustos.

Llegaron hasta un pequeño corral de madera. Una puerca enorme permanecía recostada al piso de lajas, mientras dos pequeños trataban de extraer leche de sus tetas, cabeceándole la panza cada vez con más fuerza.

Mauricio estiró su mano y capturó a uno de los críos que comenzó a chillar. Lo levantó hasta la altura del pecho y se lo mostró a Alberto.

El pequeño se retorcía, tratando de escapar de las manos del campesino, pero había dejado de chillar.

—¿Cuánto vale?

—Puedo dejártelo en 300.

—¡Trescientos pesos!

—Ya no se consiguen por menos. Y capado y

vacunado, ni hablar —volvió a colocar al animal junto a su madre—. Yo realmente no tengo interés en venderlo. ¿Qué son hoy por hoy 300 pesos...?

Alberto introdujo la mano en su bolsillo.

—Tampoco tengo esa cantidad.

—Si te interesa, puedes pagármelo en dos plazos. Es lo más que puedo hacer.

Alberto le dio 200 pesos y, poco rato después, emprendía el camino del pueblo con el animal atado a la parrilla de su bicicleta.

Era increíble que aquel ratón de cuarenta días de nacido, valiera el salario de un mes de un profesional. Ese era el efecto, pero cuál era la causa... Causa y Efecto, Esencia y Fenómeno, Necesidad y Casualidad..., solía aplicarle a todo la dialéctica. La escasez era la causa inmediata. En sólo par de años, del 91 a la fecha, todo había desaparecido del país. Tenía que trabajar dos días y medios para una caja de cigarros, cuatro días para un jabón, catorce para media libra de manteca, un día para un litro de leche... Su salario se iba en eso: en el litro de leche que le compraba a Elisabeth.

Alberto amarró el puerquito a la llave del baño, y se puso a escoger el arroz. Apenas quedaba arroz para unos días. Se aproximaba el verano. Y el verano en Cuba se había vuelto difícil como los inviernos de Rusia.

Cuando Miriam hizo su entrada se encontró la sorpresa. Cargó al animalito y lo acarició largamente con un renovado sentimiento de maternidad. Luego se acercó a su esposo y le rodeó el cuello con sus brazos.

—Eres maravilloso.

Alberto esquivó su rostro, y el beso de Miriam se quedó en el aire.

—¿Qué te pasa?

—Nada. ¿Sabes cuánto costó…? ¡Trescientos pesos!

—¿Y qué tú piensas? Roberto y Julia compraron uno la semana pasada en cuatrocientos. Dentro de unos meses tú verás a cuánto valen. Todo va para arriba. No sé dónde vamos a parar.

Miriam fue a preparar un calderito con restos de comida, mientras Alberto le adaptaba un cajón de madera a la parrilla de su bicicleta, con su tapa y candado. Así nadie podía intrusear lo que llevaba o traía en su interior.

Las clases terminaron a mediados de mes, y siguieron dos semanas de pruebas finales, y luego las esperadas vacaciones; pero ya no eran como antes, que se pasaban una temporada en la playa, casi felices, con la niña correteando por la arena, y había comida y ron y Dominó por las noches… No obstante, pudo ocuparse del animal. Le gustaba mirarlo, disfrutar de aquel apetito que trituraba cuanto caía en el caldero. Era un ejemplar prieto, de patas cortas y columna arqueada como si no soportara el peso de la barriga. Alberto estaba orgulloso de él porque parecía engordar y agradecer cada alimento; pero la incomodidad iba aumentando. Cada vez tenía más peste, y orinaba y cagaba más, y cada vez se hacía más difícil hallarle la comida. Cuando le apretaba el hambre, se ponía a gruñir y podía llamar la atención de los vecinos. Estaba prohibido criar puercos en los patios de las casas. Las autoridades se hacían de la vista gorda ante la crisis alimenticia que sacudía al país, pero en los apartamentos era un asunto mucho más grave, y Alberto no quería verse enredado en un asunto de leyes.

Una tarde subía las escaleras cuando vio al inspector de Salud Pública, que detectaba criaderos de mosquitos. Lo conoció por el uniforme y la gorra gris cuando se despedía de un vecino del primer piso.

Alberto voló escaleras arriba y cerró su apartamento. Se metería en su cuarto y no abriría la puerta.

Seguramente el tipo se cansaría de tocar y se marchaba del edificio; aunque definitivamente eso no resolvía el problema, vendría al día siguiente, o al otro, de forma imprevista y la cuestión sería peor. También algún vecino podía haberlo visto subir y decirle al inspector que él estaba ahí dentro, y levantaría más sospechas. Alberto caminó hasta el baño y arrastró al animal hasta el cuarto de Elisabeth y lo ató a la pata de la cama. Los inspectores no solían mirar los cuartos. Revisaban el baño y la cocina y el pequeño balcón en busca de aguas almacenadas que pudieran ser criaderos de mosquitos; pero si al animal le daba por gruñir, todo podía complicarse. Le pondrían una multa, una amonestación. Lo informarían a su centro de trabajo. Sus vecinos empezarían a mirarlo como a un irresponsable. Alberto no pudo terminar sus pensamientos pues sintió un gruñido de protesta. Había olvidado el caldero con la comida en el baño. Rápidamente lo llevó hasta la habitación de la niña; pero tampoco logró relajarse. El animal empezó a golpear el recipiente de un sitio a otro, contra el piso y las paredes del cuarto. Alberto se dirigió entonces a la cocina en busca de algo menos ruidoso. Junto a la pared que daba al balcón vio la palangana de plástico, colgada a una puntilla. Regresó con ella, la colocó en el piso, y vertió el contenido del caldero. Esta vez el animal golpeó la palangana con tal fuerza que la comida se desparramó sobre los mosaicos. Iba a pensar en otra solución cuando llamaron a la puerta.

Alberto cerró el cuarto de Elisabeth, y se dirigió a la sala en puntas de pie.

El timbre volvió a sonar, con más persistencia.

Alberto abrió, y ante él apareció el inspector, con una sonrisa en los labios.

—Buenas, ¿puedo pasar?

—Sí, cómo no, adelante.

—¿Tienen vasijas con agua en el apartamento?

—Un tanque plástico, pero lo mantenemos bien tapado. Está aquí en el balcón de la cocina.

Alberto casi lo arrastró hasta el recipiente.

El inspector alzó por una esquina el saco de yute que lo cubría, observó unos instantes, y volvió a taparlo.

—¿Y en el baño, compañero?

—En el baño no tenemos nada. Venga para que…

—No, no hace falta. Yo sé cuando me están diciendo la verdad —el hombre comenzó a llenar un modelo con la fecha de la visita.

—¿Sabe?, me dijeron que en este edificio están criando puercos, ¿usted cree que sea verdad?

—No, la gente habla mucha basura.

—Al que sorprendan en eso, le quitan el puerco y le ponen quinientos pesos de multa. No se puede jugar con la salud del pueblo, ¿verdad?

—Así es.

—La gente es tremenda. Con tanto campo que hay por ahí…

El inspector firmó el documento y se lo alargó a Alberto.

—Yo creo que quinientos es poco. Infractores como esos debían parar en la cárcel, ¿no cree?

—Así es.

—Ponga el comprobante detrás de la puerta, como constancia.

Alberto acompañó al inspector hasta la escalera. Antes de despedirse, éste le entregó una tarjeta.

—Ése es el teléfono de mi casa. Si se entera de algo, me avisa. Hay que evitar cualquier foco infeccioso.

—Descuide, yo lo llamo enseguida.

—Cuando se acueste, ponga atención a ver si escucha algún gruñido.

Alberto cerró la puerta, le dio la espalda, y se dejó caer en la butaca.

En ese momento entraba Miriam con Elisabeth del brazo.

—Ah, ya estás aquí —ella le dio un beso, y se quedó mirándolo—. ¿Qué ocurre?

—El susto que he pasado.

—¿Por qué…?

—Estuvo aquí el inspector.

—¿Qué inspector?

—Cuál va a ser…, el de los mosquitos.

—¡Bah!, que no fastidien, si no quieren que uno críe puercos, que nos den manteca. ¿Qué te dijo?

—Nada, lo escondí en el...

Pero no pudo terminar la frase ante los gritos de Elisabeth que salía disparada de su habitación y se acurrucaba junto a su madre.

—¿Qué pasó, mi amor? —Miriam le apartó la cara.

Elisabeth apuntaba hacia su cuarto, pero se había quedado sin voz.

Alberto se puso de pie.

—Es el puerquito, niña, voy a llevarlo para el baño.

Elisabeth continuaba sollozando, mientras su mamá la acariciaba.

—No hace nada, Eli. No le tengas miedo. ¿Por qué no miras *Los Muñequitos?*

La niña prendió el televisor, y Miriam se apresuró a limpiar el piso de su cuarto. Luego fue hasta el balcón y se sentó, exhausta, a contemplar el cielo: las estrellas invariables sobre el mismo firmamento, con la idea de Dios por encima de todo.

Abajo el pueblo bullía. El verano se iba aprisa,

con la gente día y noche en la calle, inventando cualquier cosa por tal de llevarse algo a la boca. Muchos, como ellos, se habían hecho de un puerquito con la esperanza de conseguir un poco de manteca, y los pobladores iban y venían por las calles, con sus jabas al hombro como un hormiguero humano ante el diluvio universal.

Septiembre los sorprendió en ese ajetreo sin ver pasar sus vacaciones. Ahora se había despenalizado la tenencia de divisas, y estaban surgiendo tiendas a todo lo largo y ancho del país, abarrotadas de productos para el que tuviera dólares, pero las bodegas y las placitas estaban peladas, y Alberto no hallaba nada que echarle al animal. Salía de la escuela a las cuatro y le cortaba un saco de hierbas a la orilla de la carretera.

Al principio el animal desenredaba aquella madeja de hilos verdes reduciéndola al mínimo en poco tiempo, pero una tarde se resistió a comer.

—Tiene que enfermarse —sentenció Miriam—. ¿Tú crees que se pueda vivir a base de hierbas…?

—¿Y qué otra cosa voy a darle?

—Habrá que conseguir algo.

—¿Qué cosa?

—¡Por Dios, Alberto, qué sé yo…! ¡No pensarás matarlo de hambre…!

Alberto se pasó la noche imaginando montañas de comida y de animales que se hartaban a más no poder.

A la mañana siguiente despertó con la sensación de haber dormido muy poco. Llegó tarde al trabajo y le pasaron la *raya roja*. El cielo estaba encapotado y tuvo que acampar la llovizna bajo una parada de guagua. Todo el día estuvo falto de concentración. Se quedaba en blanco durante las clases como si no dominara la materia. Otra vez su mujer tenía razón. No se podía vivir a base de hierbas. Pero qué cosa iba a darle. No había pienso, ni viandas, ni sancocho. El sancocho de la escuela, que antes no había ni donde botarlo, ahora lo recogían en un camión para engordar los puercos del Estado; y las viandas habían desaparecido. Alberto pasaba de la dialéctica al puerco y del Socialismo Utópico y Saint Simon al Período Especial. Lo primero era el pan, pero dónde diablos estaba el pan. Si no había pan para ellos, cómo iba a haber para el puerco… Pero si el animal no comía y crecía y se desarrollaba, tampoco ellos iban a comer. Además, aquel ser inferior no entendía. Exigía su alimento gritando, en mala forma, sin ningún tipo de consideración… Cuando sonó el timbre, Alberto no iba ni por la mitad del contenido. Algo en él estaba fallando. Algo cuya causa podía ser la alimentación. Estaba comiendo mal, sin grasas ni proteínas, como nunca antes en su vida. Era el menor de tres hermanos, el hijo mimado para el que se reservaban los platos más suculentos, la mejor posta de carne, el dulce más exquisito, en una finca donde la comida estaba arrollada. Ahora la situación era distinta. Muerto el padre, la vieja había entregado la tierra para irse a la cooperativa. Tenía derecho a un autoconsumo, pero se había acabado ya la época en que iban a la finca los fines de semana a comer pollos y carne de puerco, y regresar cargados de plátanos y de arroz y frijoles. Tampoco era la misma casa de antes, ni la misma arboleda ni el mismo paisaje que lo había visto crecer. A veces añoraba aquella casa de su niñez, su techo de guano, sus paredes; añoraba la arboleda de mangos y de aguacates, las matas de guayabas, las palmas reales, la casa de curar tabaco que se alzaba justamente a la orilla del camino…

Esa tarde pudo conseguir unos boniatos *picados*, cuyas partes buenas separó y cocinó con mucho embullo, pero el puerquito apenas se acercó al caldero. Alberto se rascó la cabeza. En su edificio vivía un veterinario. Lo veía salir con su motor sidecar destartalado y lleno de tierra; pero no quería que sus vecinos supieran que estaba criando un animal. Podían avisar a Salud Pública y hacerle pasar un buen bochorno. Bastante hacía ya con esquivar la inspección de los *mosquitos*.

De modo que fue hasta el otro lado del pueblo, donde Tomás, un compañero de trabajo, le había indicado otro especialista.

Se llamaba Aldo Juan. Era un tipo bajito, con la calva brillante como si se hubiera untado manteca en la cabeza:

—¿Está en algún sitio de mucha humedad...? Pudiera ser falta de aire o de ventilación...

Alberto permaneció en silencio. No era necesario decirle dónde. A lo mejor el tipo estaba combinado con Salud Pública y...

Aldo Juan le recetó penicilina, sulfatiazol sódico, y benadrilina antihistamínica o cualquiera de sus similares.

Alberto consiguió las medicinas, pero empleando hasta el último centavo. Todos los meses le ocurría lo mismo. El dinero no rendía. El salario de su mujer se iba en espuma. El simple hecho de estar limpio se tragaba el salario de su mujer: Tres jabones de baño: 150 pesos; dos de lavar: 80; un pomito de champú de cuatro onzas: 40 pesos. Ya eran 270. Sin contar el detergente y la pasta dental que valía 60 pesos el tubo. Hacía tiempo ya que había renunciado a afeitarse por no poder pagar las cuchillas. En cuanto al tabaco, no pasaba de los cuatro o cinco cigarrillos. Tal vez era eso lo que más lo había alterado. Necesitaba el tabaco como una medicina. Qué tiempo duraría todo aquello. El Comandante en Jefe lo había bautizado Período Especial. Período sonaba a algo breve, no más de algunos meses, conocía los períodos de la luna, los períodos menstruales de la mujer, los períodos escolares, los períodos de la escuela al campo; y especiales eran las cosas exquisitas, superiores: un bistec especial, un precio especial, un reconocimiento especial... Realmente estaban viviendo algo que nada tenía de especial, y que muy bien podía durar más que la Guerra de los Diez Años...

El domingo el animal parecía recuperado. Alberto le echó comida para varias horas, y toda la familia se fue a la cooperativa. La guagua había fallado por falta de petróleo, pero como a las diez de la mañana pudieron subirse a un camión.

Su mamá los vio desde que descendieron del vehículo y salió a su encuentro.

—¡Qué bueno que vinieron! —los abrazó uno a uno.

Las edificaciones eran todas eran iguales, copiadas al carbón. Las dos hileras de casas se extendían a lo largo de la única calle del poblado, cada una frente a la otra, con el mismo portal y la misma estructura de madera y guano como una formación militar.

—Voy a poner el café. ¿Cómo anda la cosa por el pueblo?

—Más o menos.

Eulalia se quedó mirando a su hijo.

—¿Ocurre algo?

—Nada.

—Acuérdate que te tuve nueve meses aquí —señaló su barriga—. A ti te ocurre algo. ¿Algún problema en la escuela?

—No —Alberto cambió la vista hacia la calle.

Miriam se mantenía de pie junto a Eulalia, mientras Elisabeth había salido hacia el patio, a observar a las gallinas, incansables, picoteando la tierra.

El agua del fogón empezó a hervir. Eulalia depositó varias cucharadas de café en el recipiente, lo revolvió y esperó que la espuma negra subiera de nuevo. Acto seguido lo sacó del fuego y comenzó a verterlo en un embudo de tela, que servía de colador. El líquido comenzó a caer lentamente inundando con su aroma los rincones más apartados de la casa. Finalmente depositó la infusión en varias tazas, le entregó una a Miriam y se dirigió adonde estaba su hijo, que seguía en la misma posición.

—¿Has tenido problemas con Miriam? —le preguntó al oído.

—No.

—Algo tiene que pasarte. ¿Estás enfermo…?

—No, vieja, la situación… No sé adónde va a llegar este país.

—Todo pasa, hijo.

Alberto extrajo un papel de su bolsillo.

—Mira todo lo que no tengo.

Y empezó a leer:

—Ni arroz, ni frijoles, ni manteca, ni huevos, ni carne, ni ajos, ni cebollas, ni jabón, ni azúcar. Debo cien pesos de un puerquito que compré, y todavía estamos a veintidós.

—Cálmate, hijo. Yo también tuve etapas difíciles.

Fue al patio, desnucó una gallina, y preparó una sopa de arroz con trozos de malangas.

Miriam y Elisabeth comieron con apetito, pero Alberto apenas probó un par de bocados.

Cuando se iban, Eulalia le dio un pollo, de los tres que le quedaban, una jaba con arroz, frijoles, varias cabezas de ajos y un pomo de manteca. En otra le echó un poco de palmiche y paja de arroz para el puerquito.

Alberto estaba arrepentido de haber preocupado a su madre, y se llevó todo aquello en contra de su voluntad. Hacía tiempo que venía haciendo cosas en contra de su voluntad. En contra de su voluntad iba en bicicleta a la escuela. En contra de su voluntad pagaba cincuenta centavos por aquel almuerzo escolar de arroz con cuatro granos de frijoles nadando en un agua casi transparente. En contra de su voluntad estaba criando un puerco en el baño de su apartamento, cuya peste se cogía todas las habitaciones. Le parecía encontrar la peste a puerco en todas partes, y solía olerse las manos y los brazos. El pueblo entero estaba lleno de puercos y olía a cochiquera, a sancocho, a comida fermentada y a desperdicios… Aunque él se estaba quejando demasiado. ¿Todo el mundo no estaba en la misma situación? ¿No se había hecho un llamado a resistir? ¿Qué clase de tipo era él, que vivía lamentándose como una señorita...? Ni siquiera Miriam se quejaba tanto. Lucía más fuerte y más capaz a la hora de enfrentar los problemas. ¿O era que no le preocupaba el país, que no le importaba, que le daba lo mismo verlo hundirse ante sus ojos?

Últimamente se pasaba horas haciendo largas cartas a su padre, quien también le escribía muy a menudo, como si con ello pudiera cerrar el vacío que dejó con su partida, sin saberse de él durante años. Ahora se había reconciliado con su hija haciéndose pasar por un padre preocupado.

A veces Miriam compartía con Alberto el contenido de las cartas, hablándole de términos generales como si quisiera cortar la conversación; pero una vez halló una por casualidad, y le sorprendió la hipocresía de su suegro al llamarla *Querida hijita*. Luego leyó otra donde le metía un sermón de filosofía barata: *Esto sí es igualdad* —le decía—. *Clinton come jamón, y yo, que soy obrero explotado, también lo como. El presidente tiene automóvil y los obreros también. El presidente viaja al exterior como el más simple de los ciudadanos. Allá, hijita, no te engañes, los jefes comen jamón, tienen automóviles, vacaciones en el extranjero, y se pasan la vida pidiendo sacrificios y más sacrificios.*

Era un análisis simplista de la realidad, resultado

del Neopositivismo o quién sabe cuál corriente de pensamiento burgués, pero aquello quizás le estaba lavando el cerebro a su mujer.

Esa tarde por poco no la deja llegar a la casa:

—Ven acá, chica… ¿Y el bloqueo económico? ¿Y las ganancias de la Carrera Armamentista…? ¿Y el saqueo? ¿Y qué me dices del robo de cerebros, y del proteccionismo y el intercambio desigual? ¿Y qué del F.M.I. y su política de garrote, y los grandes monopolios…?

—¡Pero qué te pasa, hombre! ¡Qué tengo yo que ver con eso!

—¡Nada! ¡No te hagas la mosquita muerta!

Varios días le costó a Miriam averiguar el asunto. Logró una reconciliación a medias, pero esa noche no se fue la corriente, y disfrutaron de la película del sábado, con mucha violencia y sexo, y pudieron hacer el amor bien entrada la madrugada.

Luego se quedaron mirando el techo, durante un rato.

—¿Estás celoso de mi padre?

—No, pero me molesta que hable de esa manera.

Miriam empezó a acariciarle el cabello.

—Cada cual piensa como quiera, cada cabeza es un mundo. Si todos pensáramos iguales el mundo fuera demasiado aburrido, ¿no crees? Además, él sufrió en este país. Cada cual tiene su historia.

—Pero jamás se ocupó de ti, ni siquiera una carta, ni una felicitación el día que nos casamos.

—No hables así, Albe, sabe Dios cómo la estaría pasando, solo en alma, sin ningún familiar a su lado. No es lo mismo tu país que una tierra extraña, con otro idioma…

Alberto guardó silencio. Uno de cada 6 cubanos había abandonado el país para desperdigarse por el mundo, dejándolo todo por detrás, tierra, bienes, familias, pero la mayoría estaba aquí, soportando en medio de las dificultades, del hambre que se había acrecentado como nunca antes. Hasta dónde se podría resistir. En Yugoslavia había estallado la guerra, pero la comunidad internacional trataba de ponerle fin por todos los medios, y enviaban comida y ayuda material. Ésta no, ésta era una guerra silenciosa, que no le preocupaba nadie, ¿a quién le importaba esta islita del Caribe, ni los diez millones de cubanos que no tenían modo de vivir…?

La cuota de alimentos del primero de octubre la adelantaron para el día 29, cuando no quedaba ya nada que llevarse a la boca. Alberto tuvo que pedir cincuenta pesos para sacar los mandados de la bodega y pudo aliviar la situación.

Pero el puerquito poco a poco se iba adueñando de aquella habitación. Ya no podían bañarse en la parte de la bañadera. Miriam colocaba una colcha de trapear debajo de la puerta para que el agua no invadiera las demás habitaciones, y se bañaban junto a la taza, con mucho cuidado, como si estuvieran cometiendo un delito. Después había que recoger el agua con una esponja y escurrirla por el tragante. Para entonces los apagones se habían vuelto más intensos. La electricidad empezó a faltar también durante el día. Miriam se levantaba a las dos de la madrugada, ponía los frijoles en la hornilla eléctrica, y se acostaba de nuevo. Por la mañana ya estaban blanditos y con poca candela podía sazonarlos.

Pero amanecían envueltos en un mal humor que se iba acrecentando. No había pasta dental, ni jabón de baño. No era nada fácil pararse así delante de un aula a hablarles del futuro a los muchachos. A menudo perdía el control de la clase. Olvidaba los contenidos y por ahí se le escapaba la disciplina. Cualquier cosa lo irritaba y le disparaba aquella acidez que tenía en la punta de la lengua.

Esa mañana escribía en la pizarra y cierto murmullo no lo dejaba concentrarse. Parecía que lo hacían adrede para perturbarlo, para obligarlo a ir hasta la mesa a mirar el Plan de Clases. Alberto se volvió:

—¡Cuál es el chiste! No saben ni hostia y se pasan el turno en la bobería...

Un muchacho delgado levantó su mano.

—¿Qué le ocurre, Norge?

—Nada, profe, que nos están tomando el pelo.

Un murmullo surgió de improviso. Alberto esperó unos instantes, hasta que el silencio volvió a establecerse.

—¿Por qué dice eso?

—Porque sí, profe, el marxismo es ciencia ficción.

—¡Cómo ciencia ficción!

—El socialismo fracasó, no funcionó en ninguna parte.

—Aquí no ha fracasado. Y no debía expresarse de esa forma.

—Disculpe, pero nos enseñaron que el socialismo era eterno, indestructible.

Alberto se quedó mirando al muchacho. En sus tiempos de estudiante, nadie se atrevía a increpar así a un profesor.

—¿Sabe?, su actitud podría perjudicarlo en sus estudios.

—Qué más da. Toda la vida soñaba con estudiar en la Unión Soviética, con conocer ese país, ya no me importa nada.

—Olvídese de la Unión Soviética, estamos en Cuba. ¿Y sabe cuál es nuestra consigna?: socialismo o muerte.

—Es lo mismo, profe. Nos vamos a morir de hambre.

Alberto tomó impulso.

—Lo que pasa es que mucha gente aquí pensamos con la barriga. Lo importante no es la comida, sino el país, salvar a la nación, a la patria.

Otro murmullo comenzó a levantarse, pero Alberto lo contuvo.

—¡Silencio! Se acabaron los comentarios. Mañana hay Trabajo de Control —se volvió a Norge—. Puede sentarse. Y no quiero oírlo hablar más en lo que resta de turno.

El muchacho no dijo una palabra, pero a medida que transcurría el tiempo, Alberto iba sintiendo remordimientos. Ésa no era su táctica. Sus alumnos no eran niños. Tenían sus ideas, sus criterios. La mayoría de ellos ya no alcanzaban carreras universitarias, y se sentían mal, y la comida estaba pésima, y ya no creían en el futuro.

Sin comida era difícil pensar en el futuro.

Cuando llegó a su apartamento, pasadas las seis, no encontró a nadie. Puso el cubo bajo la pluma para desinfectar aquel baño, cuya peste lo tenía revuelto, pero no salió nada. La turbina del edificio se había roto. A través de la escalera vio a sus vecinos que subían cubos de agua. Aquello sí era el colmo. Un quinto piso sin agua. Se sentía cansado, extenuado. La bicicleta aquella desde por la mañana, y el asunto del puerco lo estaban destruyendo. El animal subía cinco libras, pero él bajaba diez… Había tenido un día negro en todos los sentidos. Luego del asunto de Norge, el metodólogo vino a inspeccionarle la clase, así de sopetón, y con el apuro olvidó lo único que no podía olvidar: la propia clase. Alberto improvisó un repaso incoherente y fuera de lugar. Antes le resultaba sencillo improvisar. Era el mismo programa cada año, con los mismos objetivos y las mismas evaluaciones. Pero el programa, que sobrevivió dos años al derrumbe del socialismo, había sido cambiado, adecuándolo al período actual, al mundo unipolar, y rescatando lo esencial del Ideario Martiano. Alberto estuvo errático los cuarenta y cinco minutos, y recibió un regular muy generoso que no merecía.

Ahora llegaba a su casa, con un dolor de cabeza insoportable, y ni agua, ni luz, ni una condenada aspirina. Las medicinas también habían desaparecido. La gente se había vuelto despiadada. Fabricaban desodorante con bicarbonato de sodio. Envasaban puré de tomates en botellas de cristal, y le echaban aspirina por ácido cítrico, se tomaban el alcohol boricado, hacían calzoncillos usando los condones como elástico, y la rubotina del riñón la empleaban como colorante en la cocina; pero no se podía tratar un cólico con bijol, ni curarse el estómago con desodorante.

A las ocho menos cuarto llegó Miriam con Elisabeth.

—¿Estas son horas de llegar?

Ella lo miró, pero no dijo nada.

—¿Eh, dime…? ¿Dónde diablos estabas?

—Por favor, Alberto, no quiero discutir.

—Tú nunca quieres discutir… Me estoy cansando, ¿sabes?

Ella se volvió.

—Yo también estoy harta. ¿O qué tú crees… que yo vivo echándome fresco?

—No sé, pero bastante que me fastidio para que tú me hables de esa forma.

—¿De qué forma…? Fuiste tú quien empezó.

—Simplemente te pregunté dónde estabas. ¿O es que tienes algo que ocultar?

—¿Qué quieres decir?

—Nada, lo que oíste.

—¡Fíjate, no te voy a permitir…!

—¡Qué cosa…! ¡Qué cosa no me vas a permitir…! ¡Tú piensas que vives por la libre o qué carajo…!

Alberto se acercó y la sacudió por los brazos.

—¡Eres mi mujer!

—¡Pero no tu esclava!

Ella dio un tirón hacia atrás y se golpeó la cabeza contra la pared.

Alberto la sostuvo un instante, mirándola a los ojos, alarmado, hasta que poco a poco la fue atrayendo.

—¿Te diste…?

Miriam empezó a sollozar.

—Fui a conseguir petróleo. ¿No sabías que no hay petróleo ni para alumbrarse?

—Disculpa… No me hagas caso —le acarició el cabello—. No debemos discutir…

Sus rostros se volvieron hacia Elisabeth, que los contemplaba de pie, con los bracitos al lado del cuerpo.

Miriam caminó hacia ella.

—No pasó nada, Eli. No te asustes —le dio un beso.

Luego fue hasta su jaba y extrajo una botella de

petróleo.

Alberto se dejó caer sobre una silla.

—Me duele la cabeza... He tenido un día...

—Te buscas los problemas por ahí para después cogerla conmigo. ¿Qué te pasó? —le echó petróleo al mechón y lo encendió. El humo negro subía lentamente y se perdía en la mancha oscura del techo.

—De todo... ¿Sabías que se rompió la turbina?

—¡No...! ¡Dios mío! —corrió hacia la llave y comprobó—. ¡Lo único que nos faltaba!

Alberto se pasó la noche acarreando agua de un pozo público, a dos cuadras del edificio, y depositándola en el tanque del balcón. A las doce en punto se bañó y se tiró en la cama.

Miriam se puso a acariciarlo.

—Estás muerto... ¿Por qué no comes un poquito, *please*?

Cuando estaba de buen humor ella solía soltar palabritas en inglés, como *come here, thank you o let's go...*

Los días siguientes Alberto se los pasó como un

sonámbulo de un lado a otro. El trabajo, la casa, el puerco, la turbina… Necesitaba un poco de dinero. Durante el año pasado había vendido la batidora y un ventilador; y la lavadora la cambió por dos quintales de frijoles negros, esperando una mejoría que no acababa de llegar; pero el televisor y el refrigerador eran intocables y no estaba dispuesto a ceder… Sin embargo, no podía cruzarse de brazos. Su salario no le duraba una semana. Los aumentos en los precios no eran de un diez, de un cincuenta, o de un ciento por ciento. Eran aumentos del mil y del tres mil. Y los sueldos seguían siendo iguales. Tenía que buscar la manera de conseguir al menos un poco de manteca. Se había desatado una epidemia de Neuritis Óptica y de Polineuritis, que dejaba a los pacientes medio ciegos y tiesos y casi inválidos, por falta de vitaminas y de grasas.

Alberto fue a su escaparate y sacó la ropa que no le era imprescindible. Juntó dos pantalones, un pulóver y una camisa.

—Mañana vas a la cooperativa, y vendes esta ropa, o la cambias por comida o lo que te dé la gana.

Miriam agregó una saya de ella a la lista, y algunas batas que se le habían quedado a Elisabeth, y regresó con un pomo de manteca, dos pollos, y quince libras de frijoles negros.

Alberto la vio venir arrastrando aquella carga y bajó a su encuentro. Se sentía infeliz, culpable de que su mujer tuviera que hacer tales sacrificios. Ella también se había ido consumiendo. ¿Dónde estaba aquella alegría, aquel deseo de vivir que irradiaba como un Sol, contagiándolo todo…? ¿Qué se había hecho de aquel proyecto de transitar por la vida, promesa cálida, sellada tiempo atrás bajo la sombra de un almendro…?

Esa noche Miriam hizo una tortilla de tres huevos con mucha grasa. Había apagón, pero estaban satisfechos. Con aquella reserva terminarían el mes de octubre. El puerco seguía aumentando y todo parecía bajo control. Sin embargo, el domingo el animal amaneció extraño. Olía la hierba y la paja de arroz, pero se negaba a comer. Alberto le echó un poco de agua fresca, pero tampoco se mostró interesado. Más tarde tuvo vómitos, y por la noche seguía sin apetito. Miriam y Alberto se miraron. El puerco debía andar por las sesenta libras y no se podía estar jugando. Aunque todavía caminaba de un lado a otro, y gruñía. Tal vez fuera una ingesta, una indisposición pasajera, propia del Período Especial. Los animales también tenían su período especial. Los perros andaban con el costillar afuera, y los gatos habían desaparecido… Alberto y Miriam se acostaron confiados en una recuperación, pero por la mañana el enfermo lucía desmejorado, con los ojos enrojecidos y segregando un agua por la nariz.

Además le habían salido manchas rojas en el cuello, el vientre y las orejas.

—¡Dios mío… se nos va a morir!

Alberto mandó un papel a la escuela diciendo que estaba enfermo. No le gustaba mentir, y era otra de las cosas que hacía en contra de su voluntad.

Llegó justo cuando Aldo Juan salía de su casa.

—Hay que ir allá.

—¿Es grave?

—Si es lo que me imagino…

El hombre dejó la frase en el aire para aumentar el desconcierto.

—¿Dónde está el animal?

Esta vez Alberto no tuvo otro remedio.

—En mi casa, en los edificios, pero pienso sacarlo de ahí esta semana.

Echaron a andar. Alberto iba sin fijarse en las calles. Subió los escalones de dos en dos con el temor de hallarlo muerto o en las últimas.

El veterinario lo examinó.

—Lo que me temía…

—¿Y…?

—Vamos a ver… Todavía me queda una reser-vita.

Abrió su maletín y extrajo unos medicamentos.

Le puso una penicilina y sesenta mililitros de un suero blanco. Le indicó lavados oculares con solución salina, y laxagar tres veces al día. También debía recibir una alimentación balanceada a base de vitaminas A y B.

Alberto no hallaba cómo agradecerle tantas atenciones. Ya había pedido cinco libras de manteca para pagarlas cuando matara el puerquito. Varias veces en la noche se levantó a examinarlo como si con ello pudiera prevenir un desenlace fatal.

Por la mañana seguía en las mismas. Alberto cargó la jeringuilla y le clavó la inyección con los ojos cerrados. Nunca había inyectado a nadie, pero el animal había perdido las sensaciones y fue como inyectar a un muerto.

Por la noche parecía estar más animado. Alberto

lo sintió gruñir y dio un salto en la cama. Miriam ni se enteró. Últimamente no conversaban. Durante el día apenas se veían, y por la noche estaban extenuados. Alberto se levantó y preparó un agua azucarada que el puerquito absorbió con avidez mientras él lo miraba y lo acariciaba, como si existiera entre ambos alguna secreta comunicación. Por la mañana volvió a inyectarlo antes de irse.

Eran siete kilómetros en bicicleta, sube lomas y baja lomas, para llegar a la escuela como un corredor de fondo, sudoroso y cansado, y pararse frente a un grupo de alumnos.

Ese día notó que la gente no le sostenía la mirada. No le dio mucha importancia al asunto, revisando una ponencia para el seminario de estudios martianos, hasta que a las dos de la tarde fue citado a la Dirección. Allí estaba el Consejo de Dirección y sus compañeros de trabajo.

El director comenzó realzando sus méritos docentes, su entrega sin límites a la profesión, para terminar diciendo lo doloroso de tomar la decisión de sustituirlo como jefe de la cátedra.

Alberto se quedó estupefacto. ¿Aquello a qué venía…? Doce años de experiencia. Infinidad de cursos y postgrados. Vanguardia Nacional en el 85 y 86, cuando visitó la Unión Soviética…

El director esperó el efecto de sus palabras para continuar, ahora en tono paternalista.

—Tal vez necesites un descanso…

—¿Qué es lo que pasa? Háblame claro.

—Bueno, Nápoles, hemos recibido quejas. Hace tiempo que estamos recibiendo quejas… Te distraes, olvidas los contenidos. Te pasas el turno de clase oliéndote los brazos… ¿Tú tienes algún problema…?

Alberto se levantó de un salto y lo agarró por el cuello de la camisa.

—¡Tú eres un degenerado!

Levantó su puño derecho, pero unos brazos lo inmovilizaron.

Alberto empezó a forcejear.

—¡Degenerado! Te voy a enseñar cuál es mi problema.

—Cálmate, hombre —los profesores trataban de apaciguarlo.

Por fin lo soltaron. Alberto les dio la espalda y

salió, dándole un tirón a la puerta.

Estaba claro que el muy hijo de puta no tenía problemas. Había suspendido la guagua de los profesores para ahorrar combustible, pero él no dejaba de venir un solo día en su carro, con su cara gorda y su sonrisa de hombre sin problemas. Los cuarenta pesos era lo de menos. Le dolía la bajeza, la infamia, la traición… Tal vez fuera verdad que estaba enfermo. Tal vez necesitaba un descanso, pero nadie le había hecho ninguna observación para que ahora le clavaran un cuchillo por la espalda. Este tiempo le estaba sacando al hombre cuanto de malo y de perverso había en él, como si todos se hubiesen vuelto enemigos de la noche a la mañana.

Su mujer tuvo ánimos para consolarlo con una filosofía rara del bien y del mal, y de Aquél que lo sabía todo. Su mujer se había vuelto más pasiva y a cada rato le hablaba de Dios.

—Dios ni Dios. Lo que nos vamos es a morir… ¿A qué hora viene la luz?

—A las doce. Y no hay petróleo.

No había combustible. La gente hacía fogatas frente al edificio, donde una vez hubo un jardín, y cocinaban con leña en unos calderos llenos de tizne, pero ellos vivían en un quinto piso para cocinar allá abajo subiendo y bajando escaleras.

—¿Tú buscaste bien…? Revisa.

—No queda ni una gota.

—¿Y qué vamos a comer?

—Si no inventas algo…

—¡Qué voy a inventar a esta hora!

Miriam se dejó caer sobre una silla del comedor.

—No sé… Estoy agotada.

—¡Pues luces muy tranquila! ¡El que está harto de pasar trabajo soy yo! Todos los días es un problema distinto… Entiende que no doy más. ¡No doy más!

—¡Y yo, chico…! ¿Crees que no me canso? ¡Yo también trabajo fuera, y además cocino, limpio, y lavo, y atiendo a la niña…!

—¡Pero no tienes nada que ver con el puerco! ¡El puerco es mío solo!

—¡Pues mátalo!

Alberto se volvió.

—¡Y lo mato, chica! ¡Y lo mato!

Empuñó el cuchillo de la cocina y se precipitó hacia el baño. Agarró al animal por una pata y lo volteó de un tirón, en medio de su gritería, pero se quedó con el arma en el aire. Un chorro de luz blanca inundó la habitación y se sorprendió a sí mismo en aquella postura criminal. ¿A dónde iba...? Jamás había matado ni un pollo. Desde niño había visto morir los puercos allá en la finca de los viejos. Puercos de todos los tamaños, cuya sangre se coagulaba o se perdía en las entrañas de la tierra, y que luego colgaban del rancho rajados al medio como espectros de cera escurriendo el jugo de la vida. Los miraba de lejos presa de un pánico que nunca se atrevió a confesar. Pero siempre fueron seres distantes, que corrían por los potreros o se cebaban en los corrales, completamente ajenos a él y a sus hermanos. Éste no, éste había sido arrancado de las tetas de la madre, y había crecido junto a ellos, compartiendo el mismo techo, recibiendo el sustento de sus manos como un miembro más de la familia. Durante largo tiempo lo había alimentado, lo había curado, lo había protegido de las miradas peligrosas. Y de alguna forma el animal lo comprendía, identificándolo, oliéndolo, gruñendo, saludando su llegada, nervioso, inquieto, con sus ojillos fijos en cada uno de sus movimientos... Definitivamente no podía. Acaso fuera un individuo demasiado sentimental, demasiado conservador, demasiado apegado a sus cosas. Pero no; aún cuando fuera un animal recién llegado, tampoco le sentaba nada este papel de verdugo: no tenía valor; ni agua caliente, ni preparos, y el animal lucía tan indefenso, tan desamparado ante aquel cuchillo descomunal, que Alberto fue perdiendo las energías. Repentinamente sintió deseos de ayudar a su mujer.

Comieron en silencio. Miriam fregó la loza y se sentó a la máquina de coser, a inventarse ropas nuevas con una caja de viejos retazos y recortería, y Alberto se puso a revisar unos exámenes. Se había quedado con tres grupos de onceno grado. Ahora disponía de más tiempo, pero lo empleaba en caminar por los pasillos y los albergues para estar lo más alejado posible de la cátedra. La escuela se había vuelto un desastre, la comida no servía, faltaba el agua, los profesores estaban descontentos, los alumnos se fugaban diariamente, no había disciplina. No podía exigirse disciplina con aquellas condiciones.

El sábado Miriam lo sorprendió con un telegrama. Su rostro denotaba ansiedad y preocupación.

Alberto lo abrió con nerviosismo. Casi nunca recibía correspondencia.

—¡Es de Silverio! Al fin resucitó.

—¿Y tú estás contento?

—Claro. ¿No tiene deseos de verlos?

—¿Y cómo los vamos a atender, eh? ¿Qué le vamos a dar de comida? ¿Dónde rayos van a bañarse…?

—Ya inventaremos, mujer… Ya inventaremos.

Se sentía distinto, renovado.

Silverio había sido su profesor de Historia de la Filosofía allá en el Pedagógico. Era un tipo especial. El Monstruo. Nunca había conocido a nadie con tanta energía contagiosa, con tanto dinamismo y alegría. Se habían hecho buenos amigos. Silverio lo llevó a su casa, donde conoció a Lena, su mujer. Alberto a veces llevaba comida y pasaba la semana con ellos, especulando acerca de la filosofía, la ciencia y el mundo futuro. Después que se graduó, se visitaron durante un tiempo, pero hacía bastante que no sabía de ellos.

El problema del puerco lo resolvió con un tío de Tomás, que le prestó un corral desocupado allá en las afueras, donde los corrales habían proliferado como un barrio marginal. Le amarró las cuatro patas al animal y lo incrustó en el cajón de su bicicleta.

Sin embargo, a medio camino sintió que el vehículo perdía el equilibrio. El puerco se había desatado y corría por la calle con la soga colgando del cuello. Alberto detuvo la bicicleta y comenzó a perseguirlo. Varios muchachos jugaban béisbol en la vía cuando vieron al animal que corría hacia allá. Rápidamente suspendieron la actividad y formaron una barrera para detenerlo. El puerquito frenó en seco y volvió sobre sus pasos con la cabeza metida entre las patas delanteras. Alberto le cerró el camino por el otro extremo. El animal se detuvo, jadeante, buscando una salida al círculo que se cerraba sobre él. A su derecha había un portal y subió de un salto. La puerta de la sala estaba entreabierta. Adentro, una familia miraba la Tanda del Domingo, de la televisión, cuando el animal irrumpía en la sala, y arrollaba a su paso la mesa del centro con todos sus adornos y fotografías. Un grito masivo salió de las gargantas de los espectadores, mientras Alberto se detenía petrificado ante la puerta. Los colores le subían y le bajaban y se había quedado como sin habla. Por fin pudo abrir los labios luego de un gran esfuerzo.

—Lo siento. Yo pagaré los daños.

La familia no salía de su asombro.

—Se me escapó de la bicicleta —aclaró Alberto.

Los muchachos se habían aglomerado junto a la puerta.

—No se preocupe. Más fue el susto que otra cosa —dijo una señora que sonreía amablemente.

Pasaron al patio y lograron capturar al animal. Alberto empezó a golpearlo con la palma de las manos, fuera de sí, hasta sentir que le dolían como si tuviera brazas de fuego. Tenía la cara roja y la sangre le latía con fuerza en las sienes. Sintió deseos de matarlo, de acribillarlo a golpes, de desaparecerlo; sin embargo, cuando llegó a los corrales ya estaba arrepentido.

Metió al animal entre las cuatro paredes y le echó un poco de comida; pero éste había ido hasta el último rincón y lo miraba con recelo.

Alberto se introdujo dentro del corral y se fue acercando con el caldero de comida en sus manos. El puerco iba reculando sin dejar de quitarle la vista, con los ojos temerosos, enrojecidos.

—No fue nada, lo siento. Ven, come.

Pero no había forma de que obedeciera.

Alberto se quedó un rato sin moverse, hasta que poco a poco el animal se acercó, alzando la cabeza con desconfianza. Alberto empezó a acariciarlo.

—Lo siento. Cualquiera pierde el control. Me sacaste de quicio, ¿sabes? El problema es que tú también eres tremendo, qué te parece tu nueva casa, verás que aquí vas a sentirte mejor.

—¿Estás hablando con el puerco?

Alberto se volvió.

Un hombre, con camisa blanca de panadero, lo observaba con curiosidad.

—No te preocupes, yo también hablo con el mío. Tú verás: ¡Cachirulo!, ya estoy aquí.

Un animal del corral vecino se puso de pie con movimientos rápidos para su peso.

—Ése es Cachirulo. ¿Cómo amaneciste hoy, Cachi?, lo que te traigo aquí es condumio de primera.

Cachirulo se alzó sobre sus patas traseras, sacando su enorme cabeza negra por encima de las barandas del corral.

—¿Qué tú esperas para matarlo?

El panadero hizo silencio.

—¿Sabes?, cada vez me cuesta más trabajo. Está conmigo desde que tenía 40 días. Uno se va encariñando con los cabrones animales.

—¿Y por qué no lo vendes?

—¡Venderlo! Para que venga otro cabrón y lo descuartice. De eso nada. ¿Sabes?, hay que tener cuidado.

—¿Por qué?

—El otro día unos cabrones se robaron un puerco.

—¿Y los cogieron?

—¡Qué va! La policía no le tira mucho a eso. Olvídate. ¿Dónde compraste ése?

—Lo tenía en mi casa.

—¿Y lo trajiste para acá? Es más seguro criarlo en la casa.

—Yo vivo en un edificio, imagínate…

—Hay un cabrón que tiene uno de doscientas libras en su bañadera, ése sí es el bárbaro.

—¿Y dónde se baña?

—Ahí, con el animal. Se bañan los dos juntos.

Alberto le dio la mano al panadero y se despidió. Ya tenía resuelto el asunto del puerco.

El viernes siguiente faltó a clases y amaneció en la cooperativa. La vieja le dio un pollo, unas malangas y varias libras de arroz. Todavía le quedaba un poco de manteca y había venido el picadillo de soya.

El sábado como a las nueve llegó la visita. Ese fin de semana había pase en la escuela, y Alberto fue a esperarlos a la Terminal de Ómnibus. Estaba ansioso por conversar con ellos, por reconstruir aquel mundo que se iba derrumbando a su alrededor. Nadie le daba una respuesta, una guía, una explicación. La crisis había comenzado por el papel, y la prensa, los periódicos, las revistas, reducidos al mínimo, ya no venían a las escuelas. Las pocas veces que leía algún periódico no hallaba nada en él, como si nada hubiera pasado en el mundo, como si nada estuviera pasando en el país; pero él necesitaba información, la necesitaba cuanto antes, ahora, o desde hacía ya tiempo. La gente se acercaba a él, le preguntaba, los alumnos le preguntaban, él mismo se preguntaba, y se había quedado sin respuestas. Qué del Campo Socialista, qué de la Unión Soviética, de los *indestructibles lazos de amistad*. Qué de la Era Nueva, del Hermoso Porvenir, del Futuro Luminoso... Había comprado un planisferio político, editado por el centro de geodesia y cartografía, donde venían los países socialistas de color rojo, y a los cuales él le iba adicionando territorios durante las últimas décadas, coloreando espacios en América, en África y en Indochina, soñando con un mundo rojo, unipolar y hermoso, donde todos los hombres serían como hermanos. Todavía quedaba allí en la pared, el cuadrado del mapa, que Alberto había arrojado al latón de la basura el mismo día que se derrumbó el muro de Berlín.

Del caso de China se había recuperado. Luego de su invasión a Viet Nam, y su estrategia militar de *Tierra Arrasada*, sabía que nada podía esperar. También se había recuperado del caso Ochoa-La Guardia, de aquel héroe de la República fusilado por traidor. Pero ahora se hallaba en un callejón sin salida. Confiaba en Silverio el Monstruo, en su fe, en su ánimo, en sus palabras llenas de sabiduría; pero cuando lo vio descender de la guagua, con una mujer que nada tenía que ver con Lena, avejentado, los ojos hundidos, se esfumaron de golpe todas sus expectativas...

Silverio le presentó a su nueva compañera y siguieron hacia la casa. Alberto iba recordando los viejos tiempos; pero su amigo apenas si le contestaba con algún que otro monosílabo.

La comida fue también como un velorio.

Alberto destapó una botella de ron, con la esperanza de conseguir algún residuo de elocuencia, pero terminaron de beber en silencio, sin cruzar ni dos palabras fuera de algunas frases obligadas…

El Monstruo, irreconocible, sin tema de conversación, era una pobre caricatura del pasado. A qué diablos había venido entonces. Qué diablos podía pasarle a un ser humano para transformarse de ese modo, para convertirse en una momia viviente.

La visita se marchó la tarde del domingo, en el mismo sopor en que había llegado, dejando a Alberto sumido en una profunda depresión, en una nada que lo cubría todo como una niebla insondable.

En noviembre no entró a la bodega ni aceite, ni jabón, ni pasta dental. La manteca se acabó con la visita, y el puerco se había estancado en las sesenta libras con una tranquilidad desesperante como si hubiera adivinado su destino.

—¡Qué nos hacemos este mes! —suspiró Miriam.

—Habrá que matar el puerco.

—¿Y luego…?

—Luego no sé, pero ¿y ahora?

No se podía pensar en *luego*. Su futuro era un futuro inmediato, que se limitaba a un mes, a pasar el mes, a terminar el mes, como si vivir fuera un castigo…

El día diez vinieron dos huevos por consumidor y otra vez el picadillo de soya, pero ya estaban sin arroz. Y sin arroz era como si no hubiera comida. No se atrevía a volver a la cooperativa. Estaba cansado de pedir. Pensaba que a estas alturas sería un hombre pleno, capaz de ayudar a sus padres, como un bastón seguro en su vejez, y he aquí que seguía dependiente como un hijo infinito. Sin embargo, fue Eulalia quien se apareció en su apartamento con una jaba llena de bondades. Su don maternal o un sexto sentido la habían puesto en sobre aviso. Ahora podían terminar con noviembre, y llevar el puerco a fin de año. Era una grata noticia, pero no podía dominar su ansiedad. Su situación en la escuela era peor. Se había vuelto taciturno y desconfiado. Aquella escuela enorme, que había sido como su casa, ahora le resultaba ajena y hostil. Sin darse cuenta había empezado a rechazarla, a odiar sus pisos, sus paredes, aquel barullo de gente que desandaba los pasillos como un ejército de sombras.

El domingo por la noche Miriam lo invitó a dar un paseo, a sentarse en el parque aunque fuera, porque ya no soportaba los apagones dentro de la casa.

Caminaron a través de las calles oscuras, llevando a Elisabeth del brazo. Hacía tanto tiempo que no salían de noche, que Alberto se sintió feliz de sentarse en familia, y mirar el cielo estrellado, por entre los álamos del parque. La niña se puso a corretear de un

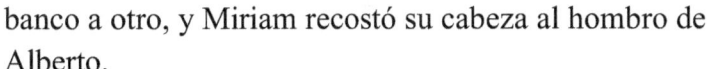
banco a otro, y Miriam recostó su cabeza al hombro de Alberto.

—Albe…

—Sí… —Alberto miraba en derredor. Las casas se alzaban como sombras. Parecía un pueblo de inmóviles fantasmas.

—He estado pensando…

—¿Qué?

—Creo que debes tratarte.

Alberto se volvió.

—¿Yo…?

—Sí… Tal vez necesites de un psicólogo.

Aquello sí era el colmo. Hasta su propia mujer se había confabulado.

—¿Con quién hablaste…? ¿Quién te dijo eso?

—Nadie. Me lo has dicho tú, tu propia conducta… Apenas duermes, cualquier cosa te altera… Ya no se puede hablar contigo.

—¿No…?

—No… Tal vez… Tengo una amiga, Olguita, en el Hospital de Día. Va por la mañana y regresa por la tarde. Le pagan certificado médico. Tal vez tú…

—Yo estoy perfectamente. ¿Tú me has visto cara de loco?

—¡Por Dios, Alberto! Estás hablando como un irracional. Enfermarse es de humanos…

Pero ya él no era un ser humano, era un bicho viviente, o mejor dicho, un muriente que vegetaba y vegetaba y para el cual estar vivo le resultaba insoportable.

La noche siguiente Olguita terminó de convencerlo. Allí se jugaba dominó, buen almuerzo, meriendas, y le daban una caja de cigarros diarios.

Fueron a ver a un psiquiatra amigo de Olguita y consiguieron su ingreso.

—Fíjate lo que te voy a decir —protestó Alberto—. Si no me gusta, me largo. No voy a estar el día entero ahí comiendo bolas, con una partida de locos que no tienen nada que hacer…

El hospital era una casa de gente que había abandonado el país, con portal amplio y garaje. Había alrededor de diez pacientes, casi todos mujeres que se daban sillón de la mañana a la tarde. Se realizaban sesiones de psicoterapias y había un especialista en acupuntura. Participaban en juegos de mesa y en cumpleaños colectivos, pero a los pocos días Alberto estaba cansado de la misma rutina. La gente hablaba de su vida, de sus problemas, hasta dar con la causa de su enfermedad. Casi siempre el paciente lloraba y se desahogaba cuando reconocía aquella especie de culpa, y a partir de entonces empezaba a mejorar. Pero él no tenía salvación. Ya él había llorado, pero no pudo desahogarse. La Tierra tendría que dar marcha atrás y resurgir La Unión Soviética, y Polonia, y Hungría, y el resto de los países que habían cambiado de casaca. Y eso parecía poco probable. En el 91 había tenido una esperanza. Fue una ilusión que acarició durante tres días, releyendo la prensa y pegado a Radio Reloj. Había despertado una mañana con la sorpresa de Guennadi Yanaev como presidente de la URSS, al frente de un Comité Estatal para el Estado de Emergencia. Tenía el apoyo de los veteranos de la guerra, y del Ministro del Interior y otras fuerzas. Entonces estaban en la playa, pero Alberto ni siquiera se metía en el agua vigilando los periódicos y corriendo al estanquillo, mientras aquel enorme país se iba reconstruyendo en su conciencia. Se imaginaba a Yanaev como un salvador, llegando al aeropuerto José Martí; se imaginaba el recibimiento, la voz de Manolo Ortega por todos los canales de la televisión; se imaginaba el recorrido de

Yanaev por la Avenida de Rancho Boyeros saludando al pueblo habanero que lo vitoreaba con banderas cubanas y soviéticas…

Alberto vivió cada instante de esos días, los asimiló mil veces, pero no logró sobreponerse.

Si no pedía el alta del hospital, era por la caja de cigarros. Otra vez estaba fumando demasiado.

Llegaba a las ocho de la mañana, a darse sillón y a fumar, y se iba a las cuatro, empastillado y sonámbulo, a conseguir la comida del puerquito.

Una tarde llegó a los corrales y se habían robado otro animal. Al día siguiente vio a un grupo discutiendo desaforadamente. Más animales habían desaparecido. Allí estaba un corral, con el testero completo desclavado, mientras su dueño miraba al suelo como si el mundo le hubiera caído encima.

Alberto y el panadero se pusieron de acuerdo para hacer guardia por las noches. No estaba en condiciones de trasnochar. Durante años había hecho guardias en la escuela, en el Comité de Defensa, en las movilizaciones; entonces se sentía mejor de salud y casi nunca era la noche completa. Pero ahora no tenía más remedio.

Alberto terminó de comer, agarró una mocha

vieja, recuerdo de una temporada en la agricultura, y regresó a los corrales. Se acomodó bajo una ceiba y no pegó un ojo atento a todos los ruidos de la noche. Desde allí veía su puerquito, sentía su respiración, su mansedumbre, ajeno al triste destino de su estirpe.

Amaneciendo llegó el panadero con un sancocho de primera a base de pescado y harina de pan que barría del piso de la panadería. Alberto le dio el *parte* de la guardia y se marchó.

Pasó el día somnoliento, medio dormido en los sillones del hospital.

Esa noche no hubo apagón y se sentó ante el televisor. Todo seguía igual, como si nada pasara. El noticiero se había vuelto intemporal como una obra de arte. Desgracias y plagas en el Tercer Mundo. Alguna que otra bomba en Lima o en Santiago de Chile. La guerra en Abjasia y en Bosnia Herzegovina. Luego la sección Plan Alimentario, con el mismo vídeo de la docena de puerquitos canadienses mamando de la misma puerca de siempre, mamadera improductiva que Alberto miraba cada día soñando inútilmente verlos crecer en la pantalla, y un integrante del contingente obrero Blas Roca cargando el mismo racimo de plátanos Microjet. Sobrecumplimientos aquí y allá, éxitos tras éxitos, como si la Cuba real y la del noticiero fueran países opuestos. Esas cosas le disgustaban. A menudo tenía que soportar los chistes de mal gusto, de gente que decía que iba a buscar comida al Noticiero de Televisión, que era donde único quedaba algo de comer en el país. El país le dolía como un órgano más, como podía dolerle el hígado o el corazón. El país estaba enfermo, pero nadie se movía.

Él también estaba enfermo. El país y él se parecían cada vez más. Estaba fuera del trabajo, curándose de algo que no tenía remedio, gastándole recursos al país en el momento en que menos tenía.

Su vida conyugal también era un desastre. Su esposa y él parecían dos extraños entre aquellas cuatro paredes, y a ninguno le importaba.

Miriam y Elisabeth se sentaron a ver la telenovela brasileña, y Alberto tomó un papel y un lápiz. Estaba decidido a sacrificar el puerco de una vez. En definitiva daba lo mismo el treinta y uno que el nueve. No soportaba más. No resistía. Él tampoco podía resistir, como no resistieron los soviéticos, que ni siquiera intentaron criar puercos en sus apartamentos. Tal vez esa hubiera sido la salvación del Socialismo. Llenar a Moscú, y a Kiev, y a Leningrado de millones de puerquitos canadienses…

Alberto puso un *ochenta* bien grande en el centro de la hoja. De las 80 libras que podía tener el animal, luego que le sacara el mondongo y las vísceras, no pasaría de las 60. Una paleta para su mamá y otra para la suegra y quedarían unas cuarentipico, quizás 46. Si eliminaba la cabeza, que se volvía hueso y cartílago, podía quedarse en 40 libras. No estaba mal, pero debía llevarle 4 ó 5 libras a Tomás y al tío que le resolvió el corral. Tampoco podía olvidarse de Aldo Juan, el veterinario, que le había salvado la vida, poniendo sus propias medicinas y sin cobrarle un centavo. De modo que debía conformarse con unas 20 libras. Aquello ya no le estaba gustando mucho. Con un poco de suerte podía freírlo todo y obtener 8 libras de manteca, pagar las cinco que debía y quedarse con 3. Las 12 libras de carne, fritas y deshuesadas, no pasarían de 5. Alberto dio un puñetazo en la mesa. ¿En eso se iba a convertir los trescientos pesos que le había costado el animal, más todo el dinero empleado en su crianza…? Tres libras de manteca y cinco libras de carne. ¿Ése era el precio por seis meses de esclavitud y de agonía…?

Sin embargo, en el fondo, Alberto sabía que una cosa era el papel y otra la realidad. Se dio cuenta que igual que el panadero le iba a ser difícil sacrificar al puerquito. De alguna manera lo quería, y de alguna manera sentía que éste también lo quería a él. Pero no podía estar toda la vida criando un puerco hasta que se muriera de viejo, o de gordura… Podía cambiarlo por otro, o venderlo, parecía igual pero no era lo mismo. Se había hecho tantas ilusiones, que no habló nada con su esposa. Aquel golpe podía ser definitivo para ella. Pero lo peor era el futuro. ¿Qué pasaría después…? ¿Cómo iban a vivir…?

Alberto no durmió en toda la noche, soñando con puercos gigantescos como elefantes, que con la primera puñalada se desinflaban y se volvían tan minúsculos que cabían en la tapa de una botella.

Al día siguiente, con las agujas puestas, aprovechó un descuido del especialista para mirarse al espejo. Parecía un marciano lleno de pullas y artefactos. Se vio flaco, ojeroso, maltrecho, a través de sus lágrimas. De un tirón fue desprendiendo las agujas, y salió por la puerta ante el asombro de la doctora y de los demás pacientes.

Cuando llegó a su casa se encontró con una noticia inesperada.

—¿Sabes quién viene?

Miriam, con el rostro radiante como hacía tiempo no la veía.

—No.

—Mi padre.

Alberto fue hasta refrigerador y se sirvió agua. Aquello era demasiado extraño para que fuera verdad. Aunque su mujer no solía jugar con esas cosas.

—¿Cuándo viene?

—¡El quince, muchacho!

—¿De este mes?

—¡Claro…! La semana que viene

Alberto no tenía tiempo de recuperarse.

—¿Te escribió?

—Hablamos por teléfono. Tenemos que ir a buscarlo al aeropuerto.

—¿Con qué carro, mujer…? ¿Estás loca? No hay gasolina, ni dinero… ¿Tú sabes cuánto vale un viaje a La Habana?

—Eso es asunto de él.

Alberto se comió un poco de arroz con caldo de frijoles y se marchó a los corrales. Las últimas guardias las hacía sumido en un sueño ligero. Llevaba dos sacos de yute que tendía bajo la guásima y una capa por si le daba por llover. Desde allí podía escuchar cualquier ruido, y no era preciso estar alerta como un centinela. Sin embargo, ahora tenía demasiado enredo, demasiado trajín en su cabeza. ¿En qué iba a buscar a su suegro, qué le iba a dar de comer, quién era su suegro y qué quería…?

Como a las cinco de la mañana adivinó al panadero tras el ruido de su bicicleta.

Cuando vino a darse cuenta ya estaba contándole del viaje de su suegro. Con el panadero únicamente hablaba de puercos y de piensos, de a cómo había subido la libra *en pie* o la manteca *en rama*, o de algún "cabrón" que había cometido la última fechoría, pero aquella noticia era demasiado inquietante para él solo.

El panadero lo felicitó, todavía con expresión de asombro.

—Sólo quiero una cosa, compadre: una fosforera. Hasta los fósforos se han perdido de este cabrón país. Vas a regalarme una fosforera, ¿verdad?

—Todavía no sé si viene o no. Ya sabes cómo es eso.

El hombre se quedó mirando a Alberto.

—Saliste del hueco.

—¿Del hueco…?

—Sí, estamos en un hueco. Todo el mundo en el cabrón hueco, en un hueco sin fin que es lo más jodido. Si no tienes quien te dé la mano no sales más nunca. Nos estamos volviendo locos. ¿Sabes en qué va a parar todo esto…? Vamos a convertirnos en locos, todo el mundo loco de remate, los viejos, los niños, las mujeres, los cabrones psiquiatras locos, un país de locos, ¿te imaginas? El país completo un sanatorio, ja ja.

El panadero le dio la espalda. Cuando caminó unos pasos se volvió:

—Acuérdate de mi fosforera —subió a su bicicleta y se alejó, bamboleándose a ambos lados.

La población tomaba demasiado últimamente, era una forma de evasión que tampoco resolvía los problemas.

Esa tarde, Alberto fue a ver a un chofer de alquiler, que vivía cerca de la refinería de petróleo.

El hombre se mostró cordial, pero le puso una serie de reparos. La gasolina estaba a cuarenta pesos el litro, su carro gastaba mucho…, Alberto, sin embargo, le tapó la boca con una oferta de cien dólares, y regresó a su casa a toda prisa, antes que Miriam se fuera.

—¿Tú estás segura que viene?

—¡Claro!

—Claro no. ¿Cuántos años no se pasó sin escribirte...? ¿Y si le ocurre algo a última hora... con qué pagamos el viaje...?

—¡Por Dios, Alberto, no pongas las cosas más difíciles!

Ella también lucía alterada. Corría de un lado a otro. Y hablaba, hablaba, hablaba... Se empeñó en botar tarecos, y sacudir, y tirar agua por todos los rincones como si esperara la llegada de algún príncipe.

—Ni que fuera el día más importante de tu vida.

Miriam se acercó a él y lo abrazó.

—Eres lo más importante para mí. ¿Sigues celoso? —lo apretó contra su pecho—. Verás que mi padre no es lo que tú piensas.

La noche del catorce emprendieron el viaje, bajo un viento helado. Se habían reportado 6,6 grados en Bainoa. La autopista parecía un camino abandonado, como si el país estuviera en pie de guerra.

El vuelo llegó con las primeras luces del día. Un grupo numeroso se había aglomerado ante la puerta de salida, que se abría a cada rato, y miraban hacia adentro para reconocer a sus familiares. Cuando eso ocurría provocaba una ola de entusiasmo.

Alberto no recordaba a su suegro más que por algunas viejas fotos de familia. Su imagen real se había diluido en su memoria. Lo había tratado cuando salió de la prisión, callado y apático, como un individuo sin criterios; pero a los pocos meses se fue del país cuando el éxodo de El Mariel, arrojando sobre ellos una vergüenza que consideraba inmerecida.

A las siete y media comenzaron a salir los primeros visitantes, que se abrazaban a sus familiares y sonreían con una alegría que parecía artificial.

De pronto su mujer se precipitó hacia un hombre gordo que miraba en derredor, totalmente desorientado. Vio cuando el señor abría sus brazos y apretaba a su esposa. Luego la separaba, la contemplaba, y la volvía a desaparecer en su pecho. Los vio llorar a ambos. Ella con el rostro perturbado, como si su niñez y su carencia, acaso su orfandad, se pudieran curar con un juego de lágrimas.

Alberto se sentía turbado, intruso en aquella intimidad que no le pertenecía.

Finalmente se acercaron. No sabía por qué él también se había conmovido. Tal vez por haber visto llorar a su mujer. Muchas veces ella lloraba, pero siempre lo hacía por él, o por causa de él. Ahora estaba llorando un llanto ajeno, donde él no era más que espectador.

El regreso rindió menos comiendo bombones y caramelos, y bebiendo cervezas que Anselmo compró en el aeropuerto, gracias al dinero del enemigo.

Llegaron a las cinco de la tarde, ante las miradas de los vecinos, que veían subir los equipajes y se acercaban a saludar a Anselmo.

Alberto fue adonde trabajaba el panadero. Le regaló una fosforera amarilla y varias cuchillas de afeitar.

—Necesito un favor.

—Dime, si está en mis manos…

—Que te ocupes de mi puerquito por unos días.

—No te preocupes. De lo que coma Cachirulo, come el tuyo. Para algo son vecinos, aunque sean simples puercos, son vecinos, ¿no?

Alberto sintió el olor a alcohol que salía de su boca.

—¿Estabas bebiendo?

—¿Qué voy a hacer? Para vivir aquí hay que estar bien loco o borracho. ¿Quieres darte un traguito…?, Chispa de Tren, es lo que hay. El ron bueno se perdió. De aquí para el cielo, o para el cabrón infierno. Nadie quiere a nadie. El amor no existe. La vida ya pasó.

Alberto se quedó mirando al hombre. Estaba llorando.

—¿Qué te ocurre?

—Nada —se limpió las lágrimas.

—¿Quieres ir al médico?

—No, es la vida.

Alberto se despidió lleno de malos presentimientos. Más tarde repartió la carne y la manteca que debía, y los demás compromisos con el puerco que Anselmo se había ocupado de pagar.

Su apartamento parecía un club nocturno. Gente que ni siquiera había visto nunca pasaban por allí en un desfile interminable. Antiguos amigos de Anselmo, que jamás se preocuparon por él, ahora bebían cerveza y sonreían y recordaban los viejos tiempos. Otros venían a recoger correspondencia o a saber de sus familia-res. Miriam no paraba un minuto haciendo café y pre-parando comidas complicadas de espaguetis con jamón y perros calientes y las más extrañas conservas que habían invadido su cocina. Anselmo seguía siendo un tipo que hablaba poco. Parecía estar bien alimenta-do. Apenas comía un pedazo de carne, dos cucharadas de arroz y alguna ensalada. Alberto y él no habían po-dido conversar. Salían, entraban, iban de compras: dos ventiladores, una grabadora, una olla eléctrica.

La noche antes de irse, Elisabeth cayó rendida de sueño. Miriam la llevó hasta su camita donde ahora dormía rodeada de muñecos y de osos de peluche. Abrieron unas cervezas, luego estrenaron una botella de Havana Club. Hablaron de la familia, de la vida, de Dios y de la filosofía. Tenían muchos puntos divergen-tes, pero se había establecido un ambiente de confian-za.

No obstante, Alberto se mostraba cauteloso. Re-cordaba aquella carta simplista sobre la vida del obrero y la del presidente aquí y allá. Quizás su suegro no fuera tan obrero nada. Nadie regalaba su sudor así co-mo así, con aquel desprendimiento. ¿De dónde podía sacar tanto dinero si no andaba metido en algo su-cio…, en drogas o en algún negocio lucrativo…? En ese caso él también era culpable, cómplice. *Vivía del dinero de un bribón y estaba en camino de convertirse en bribón.*

Miriam se incorporó y también se fue a dormir. Anselmo lucía triste, con la mirada apagada. Ya sus ojos no tenían el brillo del encuentro y de los primeros días. No era feliz. Tenía de todo, pero no era feliz.

—No existe la felicidad en tierra ajena.

Alberto inclinó la cabeza. No sabía consolar. Nunca había sabido consolar. Hubiera deseado alentarlo, darle ánimos, mitigar su pena o su culpa. Aunque fuera un traficante de drogas o un tipo de la CIA, no sabía por qué sentía necesidad de consolarlo.

Anselmo se tomó un trago pequeño y empezó a hablar para sí.

—Yo nunca creí en este Sistema. No ahora que el tiempo me ha dado la razón. Pero creía en la gente, en la amistad… Salí de la prisión, pagué mi deuda con la sociedad. Entonces vino todo aquello de El Mariel. Me dijeron: "O te vas de Cuba, o te metemos cuatro años más por la cabeza". Así, con esas palabras.

Por primera vez Alberto escuchaba aquella historia de labios de su protagonista. Era algo que existía entre él y Miriam como una zona prohibida o una tierra de nadie.

Anselmo suspiró.

—Ya no cabía en este país. Mi mujer no quiso acompañarme, pero yo no iba a volver a la prisión. Pensaba rehacer mi vida allá, casarme; pero de Cuba no se sale ni saliendo... No sabía que... sin Cuba el mundo es mentira.

Alberto miraba a su suegro que tenía los ojos húmedos.

La vuelta a La Habana pareció un funeral interminable, silencioso, cada uno sumido en sus propios pensamientos.

El rey mago se marchaba, sin corona, como un rey derrotado. Ellos también parecían derrotados. Solamente la princesa era feliz en su castillo del quinto piso.

Permanecieron fuera del aeropuerto hasta que el avión alzó el vuelo. Miriam se durmió en el regreso mientras Alberto filosofaba sobre *causa y efecto, necesidad y conciencia social.*

Esa noche su casa parecía un convento luego de tanta turbulencia. Pero hicieron el amor con la misma pasión de los primeros tiempos.

A la mañana siguiente, despertaron con unos toques de la puerta.

Alberto se apresuró a abrir, y ante él apareció una señora, de rostro consumido. Tenía los párpados hinchados y dos gruesas sombras bajaban de sus ojos.

—Perdone que haya venido tan temprano, pero...

La mujer quedó en silencio mientras tragaba en seco.

—Pase, pase adelante.

Alberto la condujo hasta una butaca. No recordaba haberla visto, pero sentía que estaba pasando por un momento muy difícil.

—Paco dejó un papel...

Alberto seguía sin entender.

—¿Qué Paco?

—Mi hermano, el panadero.

—¡No...! ¿Qué pasó...?

La mujer bajó la cabeza y empezó a sollozar.

—¡Yo lo sabía, lo sabía, pero no hice nada!

—Cálmese, cálmese.

Miriam había escuchado la escena y volvía con un vaso de agua. La señora tomó el recipiente con manos temblorosas y se lo llevó a los labios.

—Quedó hecho un chicharrón... —bebió el agua, le devolvió el vaso a Miriam y pareció recuperar la compostura—.Ayer por la tarde lo enterramos. Dejó un papel escrito para que usted se ocupara del puerco.

—No hay problemas, no hay problemas. Yo lo mato y se lo llevo a la casa.

—No, no, profesor. Paco pidió que lo soltaras, que lo llevaras a un sitio seguro, y lo soltaras. Fue su última voluntad.

—¿Y su familia…, qué va a comer entonces?

—Él vivía solo. Nada más me tenía a mí y al puerquito.

Alberto y Miriam la acompañaron a su casa, en las afueras del pueblo, donde Miriam le preparó una infusión de tilo antes de despedirse.

Al día siguiente, bien temprano, Alberto se apareció con un carretón y un caballo en los corrales. Se lo pidió a un vecino que acarreaba materiales de construcción. Con la ayuda de otros criadores subió a Cachirulo al vehículo, y lo ató a una de sus barandas. Cuando ya se iba, miró a su puerquito que se había alzado sobre sus patas traseras y no dejaba de gruñirle. Alberto descendió de un salto, lo amarró, y lo subió al lado de Cachirulo. Su puerco también merecía mejor suerte. Inventaría cualquier cosa a Miriam para justificarse y se libraría así de aquella tarea indeseable. Echó a andar, junto al terreno de pelota, bordeando el pueblo por calles de tierra apisonada, hasta que finalmente tomó el camino de las lomas, de aquel macizo azul que allá a lo lejos, cortaba el horizonte. Pasadas las doce llegó hasta el pie de la cordillera. Hacía rato que habían dejado atrás las últimas casas de los campesinos. El camino ahora subía zigzagueando por entre las malezas cada vez más tupidas y húmedas, hasta que de pronto se cerró definitivamente. Alberto desató a los animales y los empujó fuera del vehículo. Luego descendió con lentitud. Un sudor espeso, pegajoso, bajaba de su frente y le caía en los ojos enrojecidos. Estaban en un pequeño claro casi en la cima de la montaña. A partir de allí la cordillera se extendía como una gigantesca espina dorsal entre oriente y occidente. Alberto se sentó sobre la hierba, jadeante y sudoroso, mientras acariciaba a Cachirulo. La marca de la antigua soga se metía en sus carnes como un recuerdo gráfico del cautiverio. El puerco suyo había comenzado a alejarse con desconfianza, olfateando los alrededores, pero Cachirulo permanecía allí, agitando su respiración. Alberto le dio unas palmadas. El animal se sacudió, caminó unos pasos y se detuvo. Luego regresó hasta él y empezó a olfatearle los zapatos. Tanto tiempo acostumbrado al encierro que no sabía qué hacer con aquella sensación de libertad. Alberto lo acarició de nuevo.

—Vamos Cachirulo, eres libre.

Cachirulo permanecía impasible.

—Eres libre por voluntad de tu amo. Vete. Haz tu vida.

El animal gruñó, caminó un trecho, y volvió sobre sus pasos.

—Vete. Tienes dientes y pezuñas para defenderte. Huye, no dejes que te agarren. Que ningún cabrón…

Cachirulo echó a andar con lentitud. Alberto lo siguió hasta verlo hundirse en el follaje, en su verdadera y esencial naturaleza.

Todavía quedó un rato allí con expresión contemplativa, hasta que finalmente emprendió el regreso. Su cuerpo flotaba como si fuese más ligero. Una brisa húmeda le golpeaba el rostro mientras el paisaje iba desfilando a su paso con el vaivén del carruaje, los algarrobos, las guásimas, las palmas reales, los potreros, el ganado inmóvil sobre los pastos como figuras de fieltro, los campesinos abriendo la tierra con sus yuntas de bueyes como sacados de un lienzo de antaño, los cañaverales, las vegas de tabaco, los sembradíos, las aves, la patria un día más, un día menos, un día después. Cientos de generaciones, nativos, migrantes de los más remotos parajes, habían vivido del sustento de su suelo, y habían quedado allí para siempre, como agradecimiento de su infinita bondad.

Llegó al pueblo bien entrada la noche, con escasos perros que ladraron su presencia.

—Se robaron el puerco —le dijo a Miriam.

—No te puedo creer…

—Te lo dije, que no había condiciones.

—¿Y ya avisaste a la policía?

—Sí, pero nadie vio nada, se lo tragó la tierra.

—¡Qué barbaridad!, se ha perdido la vergüenza, que es lo último.

El sábado, Alberto fue al hospital. Su psicóloga lo halló rejuvenecido, y le agradeció la lata de chocolates y los jabones.

Por la tarde salió a dar una vuelta. Sentía como si aquellos zapatos acolchonados lo invitasen a caminar. Deambuló por los bares vacíos donde muchas veces había bebido con los amigos, escuchando al Beny hasta altas horas de la noche. Pasó por el terreno de pelota. Siempre había defendido a su equipo hasta el *out* 27. Ya ni siquiera seguía la Serie Nacional, como lo había hecho desde aquellos legendarios *Azucareros*. Alberto tomó de nuevo la calle principal, con las tiendas de ropa desabastecidas, y se detuvo ante la puerta de la iglesia. Dos perros callejeros corrían disputándose un hueso. Otro perro cojo los perseguía a distancia. Alberto entró a la parroquia. Por primera vez miraba su interior. El templo siempre había estado allí, pero era como un sitio yermo, invisible, como un lugar en otra realidad. Había visitado iglesias en Moscú y en Leningrado, incluyendo la catedral de San Basilio con sus hermosas cúpulas expuestas al invierno, y he aquí que no sabía cómo era la iglesia de su pueblo. En el salón vio sus vitrales con figuras de santos, y a una anciana arrodillada ante la imagen de la Virgen. Alberto llegó hasta el presbiterio y contempló la cúpula con Jesucristo crucificado al centro y Dios flotando detrás con una túnica púrpura, y entre ambos, una paloma blanca con las alas extendidas...

Esa noche las fogatas estaban como siempre frente al edificio en tinieblas, con las sombras subiendo y bajando entre el humo que salía de los calderos;

pero ellos, allá arriba, disponían de un farol *made in USA*, cuya blancura se desparramaba por todo el apartamento. Tenían sus pelos brillosos y olían a perfumado jabón de tocador. Contaban además con una mesa suculenta de proteínas y grasas y vitaminas. Alberto parecía otra persona y, en ese momento exacto, había vuelto a creer, creyó que sí, que el Socialismo Real, por qué no, era posible en su patria.

Miriam terminó de masticar y se volvió a su esposo.

—Albe…

—Sí…

—Dentro de un año ya no tendremos ni un dólar.

—¿Y…?

—Que ahora, con tiempo, debíamos apertrecharnos.

—¿Qué quieres decir?

—¿Por qué no conseguimos otro puerquito, antes que se pongan más caros?

—¡Estás loca!

—No quisiera verme jamás como este año.

—No te angusties, las cosas van mejorar. Los cubanos de afuera, gente buena como tu papá, nos van a echar un cabo.

Miriam suspiró. El asunto del puerco podía esperar varias semanas; pero, precisamente ahora, tenía otra preocupación. Extendió su mano y acarició el pelo de su esposo.

—Yo quería pedirte algo.

—¿Pedirme algo...? —Alberto pinchó una aceituna.

—Tu hija y yo queremos armar el arbolito.

—¿El qué...?

—El arbolito... ¿Me dejas ponerlo en el cuarto de la niña...? *Tomorrow is christmas.*

Elisabeth alzó la cabeza.

—Sí, papi, yo quiero el arbolito.

Alberto se quedó pensativo. No esperaba semejante petición. Ni siquiera había visto el arbolito. La religión era el opio de los pueblos. Su mujer necesitaba un poco de opio.

—Está bien, pero que nadie lo sepa.

Miriam se incorporó y le dio un beso

—Eres maravilloso… Será un secreto entre nosotros y Dios, ¿verdad que sí, Elisabeth…?

Cabaiguán, septiembre de 1995

ACERCA DEL AUTOR

Sindo Pacheco (Cabaiguán, Cuba, 1956) Premio El Caimán Barbudo (1990). Ha publicado *Oficio de Hormigas* (cuentos, 1990) *Premio Abril*; y las novelas *Esos Muchachos y María Virginia está de Vacaciones.* Esta última recibió el premio latinoamericano *Casa de las Américas*, el premio anual *La Rosa Blanca* que concede la Unión de Escritores y Artistas de Cuba, y el *Premio de la Crítica* a las mejores obras publicadas en Cuba durante 1994.

En 1995 recibió el premio *Bustar Viejo*, de Madrid, España, por su cuento *Legalidad Post Mortem*.

Cuentos suyos han aparecido en las antologías "Cuentos de la Remota Novedad", "Los muchachos se divierten", "Diana", "Fábulas de ángeles", "Antología del cuento espirituano", "Punto de partida", y en diferentes revistas como Bohemia, El Caimán Barbudo, Letras Cubanas, Casa de las Américas, entre otras. Otros textos han sido publicados en México, Rusia, Venezuela, Argentina y España. En 1998 la Editorial Norma, Colombia, publicó su novela juvenil *María Virginia, mi amor* (finalista del *Premio Norma-Fundalectura*); y en el 2001, su novela *Las raíces del tamarindo*, fue finalista del *Premio EDEBÉ*, y publicada por dicha editorial en Barcelona. En el 2003 la Editorial Plaza Mayor, de Puerto Rico reeditó *María Virginia está de vacaciones.* En el 2009 salió *Mañana es Navidad* por la editorial Iduna de Miami, y *María Virginia mi amor* por Gente Nueva, La Habana.

Actualmente reside en Miami, Estados Unidos.